ISBN 978-2-211-08375-1
Première édition dans la collection « lutin poche » : mai 2006
© 2003, l'école des loisirs, Paris
Loi numéro 49 956 du 16 juillet 1949 sur les publications
destinées à la jeunesse : septembre 2003
Dépôt légal : décembre 2007
Imprimé en France par Mame à Tours

Claude Ponti

La revanche de Lili Prune

lutin poche de l'école des loisirs
11, rue de Sèvres, Paris 6e

Aujourd'hui, quatorze ferfette, il est huit heures du matin
et Lili Prune admire sa statue.
Chaque année, le quatorze ferfette,
tout le village célèbre la Fête de la Danse du Petit Pois.
Pour remercier Lili Prune.

Le quatorze ferfette est le jour de la naissance de Lili Prun
ses parents et grands-parents, et leurs voisins, leurs ami
et petits-enfants des voisins de leurs ami
Et personne ne s'aperçut que Lili Prun

e jour-là, sa maman montra le village à Lili Prune et lui présenta
:s voisins des amis, les amis des voisins, et les enfants
: des amis des voisins de leurs amis.
:ait un bébé extraordinaire.

Dès le premier jour,
Lili Prune découvrit que
lorsqu'elle avait les yeux ouverts,
elle voyait les…

… oisouilles de son mobile.
Et que lorsqu'elle avait
les yeux fermés, elle ne les voyait
plus du tout.

Les yeux ouverts, il faisait jour.
Les oisouilles aussi ouvraient
les yeux, on pouvait se lever,
comme le soleil.

Les yeux fermés c'était la nuit.
Les oisouilles fermaient les yeux,
on pouvait s'endormicouetter.

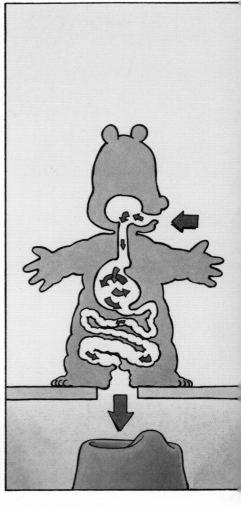

À peine quelques mois plus tard,
Lili Prune découvrit que la nourriture
était rose, jaune, blanche,
collante, molle,

tendre, dure, croquante, gluante,
liquide, sucrée, amère, salée,
qu'elle entrait par le haut
et sortait par le bas. Toujours.

Et moins d'un an après sa naissance, Lili Prune, qui continuait d'être une petite fille extraordinaire, inventa le caca.
Mais sa maman ne s'intéressa pas à sa grande découverte.

À peine plus grande,
Lili Prune inventa
la couture, les ciseaux,

le fil et les aiguilles à coudre,
les biberons-ballons gonflables,
le jet d'eau en l'air,
le jet d'eau de travers,

le jet d'eau vers le bas, le parapluie pour la pluie qui descend
et pour la pluie qui monte, le plongeon, la douche dans tous les sens,
le bain dehors, mais seuls ses amis comprirent
que c'était intéressant.

Ensuite, Lili Prune découvrit
son kiki et l'appela le lulu
pendant qu'Arboussael…

… découvrait son kiki à lui
et l'appelait le zizi.

Lili Prune, un peu aidée
par Arboussael,
inventa beaucoup d'autres noms.

Mais ses parents lui dirent
que ce n'était pas nouveau,
et qu'ils le savaient
depuis longtemps.

Un peu plus grande, Lili Prune inventa
le haut, au-dessus de Nioutonne, Heurékah,
et Heubeulle.

Ensuite,
Lili Prune inventa
le devant (de face),
et puis…

… le derrière (de dos),
qui est de l'autre côté
si on se retourne.

Puis elle inventa le bas.
Nioutonne, Heurékah, et Heubeulle
connaissaient déjà.
Ils n'aimèrent pas du tout.

Juste avant de grandir
encore plus,
Lili Prune…

… vit une feuille
d'Olobsize…

… mourir un soir
d'automne.

Lili Prune pensa qu'elle avait
découvert la mort. Elle l'essaya
avec son ours en peluche.

C'était bien ça.
Heureusement, c'était juste
pour voir.

Pendant quelque temps
Lili Prune inventa beaucoup
d'inventions. La hache,

les copeaux, la scie et la sciure,
la transpiration,
le bois coupé et le bois pas coupé

la roue et la Dévaleuse à balancelle. Les grandes personnes
ne s'y intéressèrent pas du tout :
« C'est vieux », disaient-elles, « il y a bien mieux aujourd'hui ! »
Ou encore : « On connaît, on l'a déjà vu. Ça existe déjà. »

Alors Lili Prune découvrit le monde. Le soleil, les planètes qui tourner
dans laquelle tourne le soleil. Et même, au loin, d'autres galaxie:
une machine pour montrer toutes ces merveilles à ses parent

...tour et les lunes qui tournent autour des planètes. Et la galaxie plus loin que loin, des tas et des tas de galaxies. Lili Prune fabriqua aux autres enfants. Mais ses parents dirent : « On le sait déjà. »

Lili Prune ne se découragea pas.
Elle inventa le moulin à vent, le moulin à eau et le manège.
On lui dit que ça existait déjà. Et que ça n'amusait que les enfants.

Elle inventa une machine volante.
Après un vol de deux cent trente mètres vingt-huit centimètres
seize millimètres et trois microns, ses parents lui dirent
que ça existait déjà. Et en mieux.

Lili Prune inventa l'eau chaude, l'eau froide, l'eau tiède chaude,
l'eau tiède un peu chaude, l'eau tiède froide,
l'eau tiède un peu froide et l'eau tiède tiède. Pour prendre des bains
à différentes températures.

Elle inventa aussi,
parmi d'autres choses,
le fil à couper le beurre
qui est difficile à inventer.

Et le tire-bouchon
qui n'est pas facile non plus.

Puisque personne, et pas même ses parents, n'était capable
d'apprécier ses découvertes et ses inventions, Lili Prune décida
de s'en aller, dans sa Roulbarak, voir si les gens
étaient moins bêtes ailleurs et autre part.

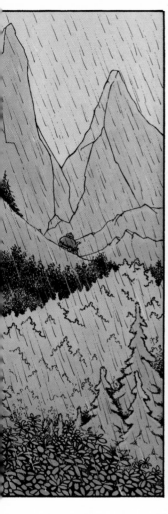  

Pendant son voyage, la mer qu'on regarde les grottes profondes,
Ile découvrit les forêts d'en haut, les rivières souterraines,
sous la pluie, tout au bord et les ponts de pierre.
d'une falaise,

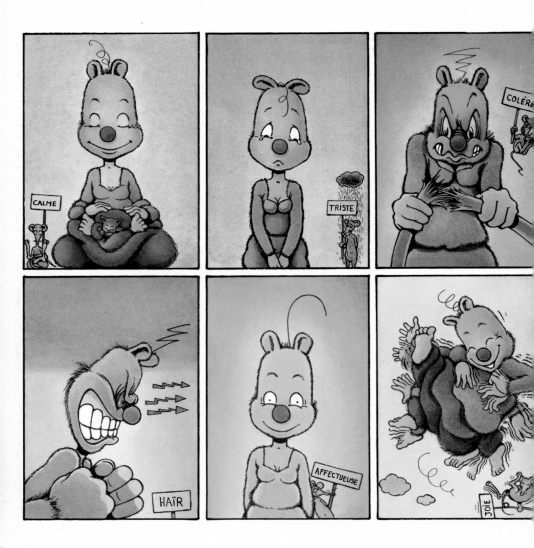

Dans le pays d'ailleurs et d'autre part,
Lili Prune fit énormément d'inventions. Elle ouvrit une école
de sentiments et d'émotions où elle donnait elle-même les cours
avec un jeune assistant, Marcel Mulot.

Mais ce qu'elle inventa, les gens d'ailleurs et d'autre part
le savaient déjà. Elle n'eut qu'un seul élève, qui d'habitude,
ne comprenait jamais rien à rien,
et qui d'un coup comprit tout grâce à elle.

Sur le chemin du retour,
elle inventa les fourmis
et vit que pour une fourmi
elle était une géante.

Ensuite, elle inventa les géants
et vit qu'elle était elle-même
une petite fourmi pour le géant.

Elle découvrit que la fourmi géante est une fourmi pour le géant géant, qu'elle, Lili Prune, est une fourmi pour la fourmi géante, que le petit géant est une fourmi pour elle, et que la petite fourmi est une fourmi pour le petit géant, et qu'elle, la toute petite Lili Prune, est une fourmi pour la toute minuscule fourmi et que la toute minuscule fourmi est une toute petite minuscule fourmi pour le tout petit rikiki minuscule géant et que tout le monde s'en moque parce que tout le monde le sait déjà.

C'est pourquoi,
après avoir bien dormi
sous la neige
(qu'elle inventa),

après avoir
roulbaraké dans
la tempête (qu'elle
inventa aussi),

découvert
le clair de lune sur
les chemins solitaires
et inventé…

… le soleil au-dessus
des dunes,
elle décida de rentrer
dans son village natal.

Lili Prune revint,
accompagnée de son petit mari,
qui avait été le seul à apprendre
quelque chose à ses cours de sentiments.

À peine arrivés, Lili Prune et son mari, Gasparamouroso,
inventèrent trois enfants,
deux filles et un garçon, dont ils découvrirent ensemble les prénoms :
Clarasiboule, Lilalilou et Gaspartoucour.

Et pendant quelque temps, ils vécurent des jours très heureux,
en haut de la colline où ils avaient installé leur Roulbarak.

Un soir, une Araknasse Corbillasse énorme et terrifique apparut
au-dessus du village. Elle avait trois paires de pattes,
deux paires de pinces coupantes, deux paires de pinces déchiquetantes,

une bouche vorace, entourée de piques, de crocs à venin, de poils,
et pleine de dents tranchantes, avec une trompe articulée pour défoncer
les fenêtres, aspirer les gens et les mâchouiller tout crus
sans sel ni moutarde.

Affolés, les gens du village se réfugièrent sur la colline de Lili Prune.
Ils criaient : « Au secours ! Il n'existe pas d'arme
contre l'Araknasse Corbillasse énorme et terrifique ! »
« Si, ça existe », leur dit Lili Prune.

« Ne vous inquiétez pas. Je l'ai inventée. Mais il faut que vous m'aidiez.
Vous devez vous entraîner à écraser ce petit pois. »
Et Lili Prune fit sauter un petit pois dans tous les sens pour qu'ils
apprennent à l'écraser aussi vite que possible.

Ensuite, Lili Prune alla dans son atelier et se mit à construire
la machine à tuer les Araknasses Corbillasses énormes et terrifiques.
Elle se servit de toutes les inventions
qu'elle avait découvertes depuis sa naissance.

En moins de trois minutes, c'était terminé. Le temps de chauffer l'eau,
lancer les moulins, tendre les ficelles, gonfler le biberon-ballon,
d'être un peu émue et de percher le caca…
Lili Prune appuya sur le bouton rouge.

Et dans un grand pschittttttttttttttttttttttttttttttttttttttttttttttttttttttttttttttttttttt..................

...........la machine projeta son microrikikiteur miniréducto réducteur acide.

L'Araknasse Corbillasse, dans une brume de peur et de surprise, fut réduite..

à la taille d'une araignée minuscule qui tomba sur la place du village…

… et se mit à courir dans tous les sens comme le petit pois de Lili Prun
Les gens du village couraient, sautaient et pataudaient,
tapant du pied partout pour l'écraser.

Pendant toute la nuit les gens tournèrent et tapèrent. Au bout
d'un moment c'était comme une danse, et vers le matin,
Haldebert Duvenduvet écrabouilla l'Araknasse Corbillasse
pour toujours.

Voilà pourquoi, tous les ans, le quatorze ferfette, on célèbre Lili Prune.
Toute la journée et toute la nuit, le village entier danse
la Danse du Petit Pois et mange des Araknasses Corbillasses
en iribole meringuée.